तेरी मेरी बातें

(कविता-संग्रह)

तेरी मेरी बातें

डॉ. ऋतु दुबे

हिन्द युग्म
hindyugm.com
BLUE

ISBN : 978-93-84419-93-6

प्रकाशक :
हिन्द-युग्म
201 बी, पॉकेट ए, मयूर विहार फ़ेस-2, दिल्ली-110091
मो.- 9873734046, 9968755908

कला-निर्देशन : विजेंद्र एस विज

पहला संस्करण : 2017

Teri Meri Baatein

(A collection of poems by *Dr. Ritu Dubey*)

Published By
Hind Yugm
201 B, Pocket A, Mayur Vihar Phase 2, Delhi-110091
Mob : 9873734046, 9968755908
Email : sampadak@hindyugm.com
Website : www.hindyugm.com

First Edition : 2017

समर्पित उस गोद को जो मेरी भावनाओं की विश्रांति स्थली है- माँ!

कविता का मेरे जीवन में आना

दर्द से कहीं ज़्यादा कुछ कर न पाने का मलाल सालता है। सुना था कि प्यार में पड़कर इंसान कविता गढ़ने लगता है। मेरे साथ मामला उल्टा रहा। एक दिन एक भूखे बच्चे को सड़क पर बिलखते और सामने एक पिल्लै को अमीर महिला की गोद में बिस्किट खाते देख न जाने क्यूँ मन में एक हूक-सी उठी। दुनिया के विरोधाभास को पहली बार पहचाना। पहली कविता उस उम्र में लिखी जब प्रेम के ककहरा की समझ तक नहीं थी। कविताओं और कहानियों का चस्का घर में माँ की किताबों और पापा के संगीत प्रेम ने लगाया। अक्सर गर्मियों की दुपहरियों में जब हमारे परिवेश की महिलाएँ अचार और बरी-पापड़ बनाने में लगी रहतीं तब माँ को छत के कोने में किताबों के साथ ही देखा। ये पुस्तक प्रेम विरासत की तरह मुझे मिला और उनकी ही तरह डायरी लिखने लगी। और तब से जो कविता बुनने का सिलसिला शुरू हुआ वो अब तक जारी है।

अब आहिस्ता से कवितायें मेरे मन की स्लेट पर भावों को उकेरने का माध्यम बन गई हैं। विरह के गहरे एहसास में पगीं, चेहरों पर हटते मुखौटों से कभी वितृष्णा से भरीं, तो कभी प्रेम में डुबो के स्वर्गिक अनुभूति देतीं, तो ममत्व के सर्वोच्च सुख में बिंधीं मेरी कवितायें। वो हर भाव जिसके ताने-बाने से स्त्री मन बुना है मेरी कविताओं में खिल रहा है।

नन्ही बच्चियों से युवती बनती मेरी कविताओं को यूँ कभी बेधड़क दुनिया के सामने ले आऊँगी, ये तो कभी सोचा ही नहीं था। बेपरवाही का आलम ऐसा था कि याद ही नहीं कब और कहाँ कविता लिख के भूल जाऊँ... श्रेय है मेरी माँ को जिन्होंने सहेजा, मुझे भी और मेरी कविताओं को भी।

हक़ीक़त में मैंने ख़ुद को भी अपनी कविताओं के माध्यम से जाना-समझा है। लम्बे अंतराल तक घर से दूर रहकर पढ़ाई के दौरान अलग-अलग लोगों से मिलने और दुनिया को अपनी नज़र से देखने का अवसर मिला। अवसर मानव मन के अनसुलझे सच को समझने का, तो कभी भावों के समंदर में गोते लगाने का। जब जाने-अनजाने में प्रेम के विभिन्न रूपों को देखा तो जाना कि किसी नाम

से बंधा हुआ, किसी रिश्ते का मोहताज़ कहाँ है प्रेम! ये तो एक उड़ान है जिसका पड़ाव तो हो सकता है मंज़िल नहीं। प्रेम की इन्हीं मानवीय ऊँचाइयों और गहरी अनुभूतियों में डूबी मेरी कविताएँ सिर्फ़ रोमांचित ही नहीं करती हैं, कभी-कभी अनाधिकार पाठक के मन के किसी दबे-छुपे सच को उजागर भी कर देती हैं।

भाषा की बेहतरीन समझ रखने वाले प्रबुद्ध लोगों के लिए निःसंदेह मेरा यह पहला प्रयास सुधार की संभावनाओं से भरा है। मगर मेरी हर कविता में एक सच है चाहे वो मेरा अपना हो या किसी और का। यह पाठक को अपनी ज़िंदगी से भी जुड़ा-सा लगेगा क्योंकि हम सब के सच मिलते-जुलते ही तो हैं।

ऋतु दुबे

कविता-क्रम

अंश हूँ समग्र नहीं

कोई ख़्वाहिश न रहे तुम्हें
जब ज़िंदगी से,
ख़्वाब न हों जब कोई बाक़ी,
जब उम्मीदें टूट जाएँ सारी
और तन-मन हार जाए
सारी दुनिया के आगे।

तब तुम मुझे पुकार लेना...
मैं पास ही होऊँगी तुम्हारे
आहिस्ता, पीछे से आकर मैं छू लूँगी
तुम्हारी ठंडी उँगलियाँ...
और ले चलूँगी झील के पार...
जहाँ साँस लेते पहाड़
और सरकती-सी हवा है
वहाँ तुम पा लोगे ज़रूर वो सुकून,
जिसे तलाशते रहे थे हम, उम्रभर...
भावनाओं से काँपते तुम्हारे,
साँवले होंठों को
चूम लेगी झील की ठंडक...
तुम भर लेना बाँहों में वादियों की ख़ूबसूरती
और खो जाना मुझ में।

...मगर हाँ!
बस पलभर ठहरना है तुम्हें
और जीना है एक उम्र...

मेरे साथ उस एक पल में।

फिर लौट जाना तुम,
दुनिया के नए अर्थ खोजने...
जानती हूँ कि तुम ज़िद्दी हो।

तुम्हें तब तक सुकून न मिलेगा जब तक
तुम अपने सपनों को जी न लो जी भर के।

क्योंकि ये सच मैं जानती हूँ
कि मैं तुम्हारा अंश हूँ समग्र नहीं...

नया पैबंद

तुम्हारा कहा हर शब्द
रख देता है मेरे अंतस को चीर कर।

मैं सुनती हूँ, सहती हूँ...
और फिर सुई-धागे के पुराने डिब्बे से
निकाल लेती हूँ एक पेंसिल और काग़ज़।

जिसमें पिरो देती हूँ कुछ शब्द...
और शब्दों में बाँध देती हूँ भाव।

इन भावों के एक-एक टाँके से,
हौले-हौले सिल देती हूँ
अपना ताज़ा तरीन ज़ख़्म।

टाँका-दर-टाँका, शब्दों की सिलाई से
बन जाता है एक और पैबंद
मेरे मन पर
ढेरों पैबंदों के बीच एक नया पैबंद।

जैसे ही दाँतों से कुतरकर तोड़ती हूँ
शब्दों का धागा,
मेरा पैबंद बदल जाता है एक कविता में।

उँगलियों से टटोलती हूँ, देखती हूँ उसकी सीवन और टाँके
फिर मुतमइन होकर,

बाँध देती हूँ धागे में एक और गाँठ...
तुम्हारे दिए किसी नए ज़ख़्म को सिलने के लिए।

क्यूँकि बेटियाँ तो साँझी हैं

बड़ा सादा-सा समीकरण बना लिया उसने,
जो देखा एक अति सुंदर आधुनिका को बैठे
अफ़सर की रौबीली कुर्सी पर।
आई होगी जुगाड़ लगा के,
किया होगा 'ख़ुश' बड़े साहब को
अपने लटके-झटकों और अदाओं से।

तब उसने भी 'लिफ़्ट' की उम्मीद से
अपने रंगे बाल सँवारकर,
उभरी तोंद को साँस से अंदर खींचने के
असफल प्रयास के साथ
बिखेर दी अपनी गुटके से रंगी मुस्कान!

मगर उम्मीद के मुताबिक़ मुस्कराकर
न देखा
जब नई अफ़सर ने,
ऊपर से पूछ लिया पेंडिंग कामों का हिसाब
तो ख़ून खौलना लाज़मी था...
केबिन से बाहर आते ही
उसने झटपट गढ़ ली एक कहानी,
जिसमें पूरे किए उसने अपने अतृप्त अरमान,
दोस्तों को सुनाया देसी पॉर्न कथा की तरह
नई अफ़सर के अतीत का झूठा ज्ञान।

लोलुप दोस्त भी उसकी ताज़ा पकाई कहानियों को

ख़ूब लार टपका के सुन रहे थे,
बीच-बीच में ख़ुद भी जल-भुन रहे थे।

नई आई अफ़सर के उभारों से लेकर
ब्लाउज़ के गले तक का रसास्वादन
उसने बड़े शौक़ से दोस्तों को सुनाया।

देखा कैसे लिया बदला ये मन में सोच मुस्कराया,
शाम को जब वापस घर आया तो
पड़ोस की महिलाओं से घिरी,
पत्नी के अनांदित चेहरे को देख सकपकाया।

सबके जाते ही लपक के आई वो और बोली देखो जी,
जबसे बिटिया का बारहवीं का अच्छा रिज़ल्ट है आया
सब कहते हैं भाग्यशाली हो जो इतनी सुंदर,
और होशियार बिटिया को है पाया।

ज़रूर एक दिन रौबीली अफ़सर बनेगी,
देखना अपनी राजकुमारी पापा के ऑफ़िस में ही
बॉस बनकर तनेगी।

तब आप गर्व से सिर उठा के
अपने दोस्तों को
इतनी कम उम्र में इतनी बड़ी अफ़सर बनने की,
उसकी सफलता की कहानी सुनाएँगे।

अचानक उसे अपनी अफ़सर की जगह
बिटिया ही बैठी दिख गई
शरीर के साथ उसकी रूह तक काँप गई।

झट से उठा और पास खड़ी बिटिया को

सीने से लगा लिया...
आँसुओं से भीगी आवाज़ में बुदबुदा उठा
मुझे माफ़ करना मैडम जी,
मुझसे बहुत बड़ा अपराध हो गया।

द्वारे पर बासे फूल

मुझे नहीं कहना कुछ भी तुमसे,
तुमसे कुछ कहने का अर्थ भी तो नहीं
तुम्हारी ज़िद कि
सबकुछ चाहिए वरना कुछ भी नहीं
और मेरी विवशता कि
एक बूँद भी स्नेह देना
मेरे अधिकार में नहीं।

न तुम समझना मेरी उलझन,
न मैं समझ सकूँ तुम्हारा आग्रह...
यूँ ही समझाते, समझते
उम्र रात-सी बीतती चली गई...
अलसुबह उठी तो देखा
कुछ फूल मुरझाए-से,
खोंस दिए थे तुमने
लापरवाही से किवाड़ की दरार में

फिर भी छन-छन के आती बासे फूलों की
ताज़ा ख़ुशबू ने
मेरे मन के अँगना-चौबारे को
अनायास ही महका दिया।

मुक्त होने से

जाओ! उखाड़ दो हर वो सोच
जो औरत को इंसान बनाती है,
उसे सपने देखना, हँसना
और जीना सिखाती है... क्योंकि
तुमने माना ही कब है मुझे एक
व्यक्तित्व...
मैं तो सिर्फ़ मान, मर्यादा और
आन का पर्याय बन गई तुम्हारी

देवी के रूप में पूजा,
कभी डायन बना दिया
माना नहीं तो बस इंसान...
एक अदना-सी इंसान जो
चाहती है कुछ साँसें अपने हिस्से की...
ख़ुशी और बस थोड़ा-सा सुकून...
आदिम युग में वापस जाते तुम्हारे क़दम
कभी जलाते हैं, रौंदते हैं और कभी चकनाचूर कर देते हैं
मेरे शरीर का आत्म गौरव...
तुम भले ही मुझे अपनी बपौती मानो
जायजाद-सा समझो
मगर मैं जीती-जागती आत्मा हूँ
जिसे तुम कभी न रोक पाओगे,
मुक्त होने से...

सच्चा-सा कुछ...

रूह में झाँका तो ये महसूस हुआ है मुझको,
जो बाग़-सा लगता था, वो तो एक बंजर निकला

तेरे होने से मिट जाएँगी ये दूरियाँ ज़िंदगी की,
मेरे दिल का ये इरादा भी बड़ा झूठा निकला

वो एक शख़्स जो प्यार का देवता था ज़माने में,
वो तो एक रंग था प्यार का, बड़ा फीका निकला

बहुत-से रिश्ते थे तेरे-मेरे दरमियाँ ऐ मेरे दोस्त,
आख़िर रिश्ता मगर प्यार का ही सच्चा निकला

जानती हूँ किसी का प्यार तेरे दिल की सच्चाई होगी,
मैंने तो जिसे टूट के चाहा वो शख़्स सितमगर निकला

सुनो आत्मा

मैंने पढ़ा था कहीं कि
आत्मा के पंख होते हैं
रात जब हम सोते हैं
तो आत्मा उड़ जाती है।

यानी तुम तो आज़ाद हो, अंतहीन हो
सुनो सखी... मेरा भी एक कहना मान लो
आज रात जब मैं सो जाऊँ तो तुम चुपके से उड़ जाना...
और मेरी सोती हुई माँ की
उदास-अकेली आँखों को चूम आना।

तुम्हारे संसार में तो बिछड़े हुए सभी रहते हैं न!
मेरे पापा को छूकर...चूमकर...
उस एहसास को सहेज लाना
कल सुबह जब जागूँ, तो भर देना मेरा ख़ाली मन...
अपने पंखों को झटककर।

मैं समेट लूँगी बिखरे हुए हरसिंगार के फूलों-सी...
हर स्नेह-संचित छुअन, हर महकी-सी मुस्कान...
सुनो आत्मा, जी भरकर उड़ना...
परतंत्र सपनों की आख़िरी उम्मीद तुम्हीं तो हो...

नहीं हूँ मैं

यूँ तो तलाश में है सारा ज़माना ख़ुद की,
पर किसी काफ़िले का हिस्सा नहीं हूँ मैं

मेरे चेहरे में न जाने कौन इतना मुस्कराता है,
ये तबस्सुम, ये सिलसिले, ये नज़ाकत नहीं हूँ मैं

धड़कनों, साँसों का सिलसिला बदस्तूर जारी है मगर
ख़ाली है जिस्म का ये मकाँ, रहबर नहीं हूँ मैं

अब न समझा मुझे जीने का मतलब मेरे दोस्त,
एक बहती नदी हूँ, कोई ठहरा समंदर नहीं हूँ मैं

अक्सर मुझमें सिसकता है कोई रात-रात भर,
आईने का वो हँसता हुआ चेहरा नहीं हूँ मैं

बूढ़ा अमरूद का पेड़

मुझे अक्सर याद आता है,
अपने पुराने घर का आँगन,
ईंटों के झरोखों से घिरी छोटी-सी बगिया
और उसमें लगा अमरूद और बाँझ-सा मौसंबी का पेड़।

अमरूद के कच्चे-पक्के फलों के बदले हमने,
मोहल्ले भर के बच्चों से किए थे अनगिनत व्यापार
वस्तु-विनिमय का सही अर्थ तो बाद में समझा,
पतंग, माँझा, चपेटे और इमली का सौदा तो कब से
अमरूदों के बदले किया हमने।

मीठा-सा नाम था तब अमरूद का हमारे पास,
बिही... जैसे रस धार-सी बह उठती थी जीभ की नोंक से
माँ का दुश्मन ही तो था वो अमरूद का पेड़,
हम बारिशों में फिसलते, फिर झट चढ़ जाते थे,
उसकी कच्ची डालों से,
कितनी बार गिरे और उठे थे।

जब भी ये कलाबाज़ी माँ की नज़रों में आती थी,
हल्दी-चूने के मरहम के साथ,
बेचारे अमरूद के पेड़ को भी माँ ख़ूब कोसना सुनाती थी।

उस पेड़ के नीचे भाई के साथ क्या-क्या न बनाया हमने,
पूरा एक संसार बसाया था जैसे।

मिट्टी के चूल्हे और टिन के ढक्कन में रोटी पकाई,
कच्ची-पक्की रोटी और मिट्टी लगी वो सब्ज़ी
कितनी सोंधी और स्वादिष्ट थी
ये हमारी नन्ही रसना ही जानती थी।
अपने बब्बा जी (दादा) से मिली चवन्नी भी
बड़े जतन और चुपके से अमरूद की जड़ में रोपी थी।

कितने रोज़ पानी दिया इस आस में कि
पेड़ उगेगा चवन्नी का...
फिर खोदने पर बीज ही ग़ायब मिला
सलाहकार भाई की समझदारी पर घंटों रोए,
तब भी अमरूद ने अपना तना दिया था टिकने।

सीली-सी, छाँवदार बगिया में न जाने कितने
पाठ पढ़े ज़िंदगी के
अमरूद एक कोना था,
जहाँ हम अपने बचपन को बेख़ौफ़ जी सकते थे।

गुड्डों की कितनी बरातें आईं और विदा हुईं
गुड़ियों के झगड़े सुलझे, कट्टी-पक्की की।

चुपचाप अमरूद अपनी टहनियाँ, फूल और फल हमें देता रहा
आज बरसों बाद फिर, अपने पुराने घर के मोहल्ले में आई हूँ
स्मृतियों में बसे नन्हे साथियों के कोमल-भोले से चेहरों को,
दुनियादारी की चिंता में मुरझाया-सा, प्रौढ़ पाया है
अब बचपन के साथ मेरा पुराना घर भी ढह गया है।

उस ज़मीन के टुकड़े पर जवानी-सी कोई दुकान खड़ी है
जाने क्यों, झुककर मिट्टी को छूकर मैं तुम्हें टटोल रही हूँ...
शायद ये बेदर्द शहर तुम्हारे साथ मेरा बचपन भी लील गया...
मेरे बूढ़े अमरूद के पेड़!

दरिया प्यासा-सा...

वो जो आँखों में ग़ज़ब आफ़ताब रखता है,
कोई जिए, मिटे वो कहाँ हिसाब रखता है

अजब आलम है इस इंतज़ार का भी
बेचैनियों में भी बड़ा क़रार मिलता है

उसे आती है ज़रूर कोई जादूगरी,
मेरा क़ातिल बड़ा ख़ूबसूरत वार करता है

थम जाऊँ यहीं या खो जाऊँ तुझमें,
दिल बड़ा जायज़-सा सवाल करता है

जिसे नहीं था इख़्तियार ख़ुद पर भी,
वो शख़्स तुझ पर बड़ा एतबार करता है

जिसके आने की आहट थी बरसों से,
अब जा के वो बादल बेपनाह बरसा है

तेरे साथ एक और ज़िंदगी मिल जाए,
दुआ यही दिल अब चार पहर करता है

मुझे थाम लेना और देखना ऐ दोस्त,
कैसे प्यासा, ये दरिया पार करता है

सिरफिरा-सा ख़्याल है

एक सिरफिरा-सा ख़्याल है,
मगर लाज़मी-सा सवाल है

गर तू नहीं जो है मेरा...
तो क्यों तेरा ही ख़्याल है

मेरे अश्क खिलखिला दिए,
तेरे होंठों की एक बात से

तेरा साथ भी अजब-सा है,
जैसे सहरा भी चमन-सा है

खबर न हो

ओ मेरे दिलफ़रेब साथिया,
तुझे एक दुआ भी मैं दूँ ज़रा
मेरे पास आ, मुझे छू ले यूँ,
कि तेरे बाद न कोई चाह हो

ये लब जो कह न सकें कभी,
उसे सुन ले तू कभी चुपके से
मेरे दिल अज़ीज़ आ ज़रा,
तेरी आँखों में ख़ुद को सँवार लूँ

मुझे लगे न ख़ुद की ही नज़र,
ज़रा पास आ मुझे छुपा ले यूँ
कि मुझे ख़ुद की कोई ख़बर न हो...

ये तू है कि

ये तू है कि
साँझ में बहकती
ख़ुशबुओं-सा मेरा तन है

ये क्या हुआ कि
बावरा-सा हुआ आज मौसम है।

जो चुप हैं आज हम-तुम,
तो बोलता-सा मन है

खुली जा रही है हर
गिरह मेरे मन की
तू है, तेरा नाम और तेरी यादें
तुझे सोचती-सोचती सी धड़कन है

जो आया है सावन आज
बरसों के बाद, बोलो कोई उससे
मेरा भीगने का हर जतन है

तू खो जाएगा जानती हूँ मैं
फिर भी ऐ मेरे बादल
तुझे अपनी धड़कनों में
बाँधने का मेरा प्रयत्न है।

धुँध में कहीं...

वो जो अपने चेहरे पर हँसी का नकाब रखता है,
दिल में ज़ख़्मों की सुलगती एक किताब रखता है

दुनिया अपने गुनाह भूल भी जाए तो क्या है,
कोई है जो मेरे हर ज़ख़्म का हिसाब रखता है

मेरी आँखों को इस शिद्दत से न देख ऐ दोस्त,
ये तो वो आईना है जो पर्दे बेहिसाब रखता है

ख़ुद से चुरा ले या मय में डुबो दे आज मुझको,
साकी क्यों मुझे प्यार में यूँ बेताब रखता है

किसी उदास रात में तू चला ही आएगा,
इसी उम्मीद में वो दर पर चिराग़ रखता है

ज़िंदगी तेरे आगोश में

कैसे-कैसे बदल जाती है ज़िंदगी,
मुट्ठी में रेत-सी फिसल जाती है ज़िंदगी

जो मेरी राह में साया बन के है खड़ा,
उसी दरख़्त पर क्यूँ बिजलियाँ गिराती है ज़िंदगी

जिन की तक़दीर में अधूरापन है लिखा,
क्यूँ ऐसे ख़्वाब दिखाती है ज़िंदगी

एक तेरे सिवा कुछ याद नहीं रहता मुझको,
ऐसे तेरे आगोश में सिमट जाती है जिन्दगी

यूँ तो...

अदाएँ भी तो वो आसाँ-सी चुरा लेते हैं,
हर बात पर हमें गुनहगार बता देते हैं

यूँ तो हम भी खोल दें परतें दिल की,
न जाने क्या सोच हर बात दबा लेते हैं

न जाना उस तक कभी मुहब्बत की कश्ती बन के;
वो समंदर हैं ख़ुदगर्ज़, कश्तियाँ डुबा देते हैं

जब भी कोई पूछता है हमसे हाल-ए-दिल,
मुस्कराकर हम हर ग़म को छुपा लेते हैं

तो कब देता है मेरे दर्द की मरहम
हम हर ज़ख़्म को दुआ बना लेते है

चलना है तेरे साथ

यूँ ही चलना है तेरे साथ चुपचाप...
किसी शोर के या
उपस्थिति के एहसास से परे।

जैसे कि मेरे होने की आहट ही न हो,
यूँ ही चलना है तेरे साथ चुपचाप...
होने का मेरे एहसास कराएगा तुम्हें
मेरा प्यार, जो अकेलेपन को बाँट लेगा तेरे,
मज़बूती जो कभी लड़खड़ाने न देगी तुम्हें,
यूँ ही चलना है तेरे साथ चुपचाप...
शोर तो अक्सर थोपे हुए रिश्ते करते हैं
मैं तो ख़ुद बुनूँगी तेरा रिश्ता दिन-रात,
सर्दी की नर्म रज़ाई की तरह,
गर्मी की शांत रातों की तरह
बस यूँ ही चलना है तेरे साथ चुपचाप...

फिर कभी

लिखना है बहुत कुछ
उस साँवली-सी मुस्कराहट,
और उन बोलती-सी आँखों पर।

पर आज नहीं हैं फुर्सत दुनिया की जद्दोजहद से.
लिखूँगी, गुनूँगी, कहूँगी और समेट लूँगी तुम्हें
फिर कभी...
कह दूँगी हर वो बात,
जो अब तलक न कह सकी तुमसे।

खोल दूँगी वो राज़ जिसका अंजाम भी तुम हो और आगाज़ भी
अभी उलझी हूँ दुनिया के रंजो-गम में,
छुऊँगी, सहूँगी और जियूँगी जी भर के तुम्हें
फिर कभी...
खोजा है मैंने ख़ुद को
घर से दुनिया तक के सफ़र में,
और बटोरे हैं ख़ुद के टुकड़े कई बार,
अभी मशगूल हूँ ख़ुद को समेटने में।

सहेजूँगी, सँभालूँगी और बटोरूँगी तुम्हें
फिर कभी...

तुम

तुम...
बिलकुल नवजात शिशु की तरह
कोमल, स्निग्ध और संवेदनशील।

एक कौतुक की नाव,
तैरती रहती है तुम्हारी आँखों में।

बिखरे-से बाल और
अपनी ही धुन में मस्त
किशोर-सा सलज्ज, उत्सुक और बेचैन
तुम्हारा व्यक्तित्व।

पुरुष की तरह हमेशा अधिकार से देना,
ज़िम्मेदार, गंभीर और कर्मठ...
मानो हर क्षण तुम्हें तलाश हो
किसी की,
कुछ खो गया हो तुम्हारा,
जिसे हर पल आँखें खोजती हों
सुनो... तुम्हें इतने रूपों में
देखा है मैंने
क्षणभर की एक मुलाक़ात में...

लम्हे

बीते लम्हों की
कसक
या यादों के जुगनू
या फिर
पथरीले फूल
और
वक़्त की आभारी ख़ुशियाँ...
क्या नाम देकर पुकारूँ
कोहरे-सी नर्म सुगंध की कतरनें
जो भुलाए न भूलें...

अनुग्रह

तुम्हारा मन
और बात करने का
मेरा भय और झिझक
आस-पास लोग हैं,
और वो चौकीदार
मानो आँखों से रस
ले-लेकर कानों से
सुन रहा है हमारी बातें।

बातें जो हमारी थाती हैं,
जिन्हें हमारे अलावा कोई न सुने
ऐसी चाह है मेरी।

फिर तुम्हारी बातें जो
रह-रहकर ढूँढ़ लेती हैं।

मेरा हृदय
और मैं
चुप होकर
पीती हूँ
निर्झर का स्वच्छ,
शीतल जल
कि तुम कहो
मैं सुनूँ,
सुनती ही रहूँ...

न्यायाधीश

अक्सर हम सज़ा पाते हैं
अपने किए अपराधों की।
अपराध, जिनमें शामिल हैं
किसी पर किया अगाध विश्वास,
किसी के प्रति अटूट निष्ठा
और सबसे जघन्य अपराध
किसी से किया गया प्रेम...
जिसमें समर्पण, चाहत और दीवानगी की
भूले भी हों।
इसकी सज़ा जीवनभर की
टीसें, अनकहे दर्द, गहरी पीड़ा है।
पीड़ा जो पी लेती है सारी ख़ुशियाँ
सुख और शांति।
दिन-ब-दिन दुनिया में
इस अपराध की सज़ा बढ़ती जा रही है
पूरी दुनिया जेल बन गई,
हर मर्द न्यायाधीश।

शब्दों का चित्रकार

तुम्हारे कहे हर शब्द
मेरे अंदर
कुछ स्वर लहरी-सी
जगा देते हैं।

मैं शर्म से
गुलाबी हो
मानो कनेर का फूल...
सिहरकर रह जाती हूँ।

कुछ सोचकर
आँखें मुंद-सी जाती हैं
और गालों पर
आँच-सी लगती है।

तुम शब्दों के
चित्रकार हो
जिसे आता है
मनपसंद चित्र बनाकर
उनमें रंग भरना।

तुम शब्दों के
संगीतकार हो
जिसे आता है

हृदय की सोई
जलतरंग बजाना।

और तुम
लुहार भी हो
क्योंकि स्नेह के ताप से
तुम तपा देते हो
मेरा जीवन।

ज़िंदगी मेहरबान है

कभी-कभी यूँ लगता है
मानो चक्रवात में फँसकर
मेरा मन,
घूमता है हवा के साथ
और गोल चकरी में
कभी नीचे, तो कभी ऊपर
चला जाता है।

मैं एक कोने में
खड़ी देखती हूँ
इसका उठना और गिरना
चुपचाप...
इंतज़ार करती हूँ
इस चक्रवात के
थमने का,
जीवन में शांति
आने का
हाँ, इंतज़ार करती हूँ
ज़िंदगी तेरे मेहरबान होने का।

जीवन वीणा

तुम्हारे साथ न जाने क्यूँ,
बहता वक़्त थम जाता है।
मैं विस्मित-सी
देखती ही रही जाती हूँ तुम्हें।

जैसे किसी शांत वन में
निर्झर का स्वर...
यह साथ स्वयं में किसी
ध्यान से कम तो नहीं।

कैसे जुड़ जाते हैं मेरे
स्पंदन तुमसे
मानो लय, ताल
से आबद्ध
गुनगुना उठते हैं
हमारे मन।
लंबे समय से
चली आ रही उदासी
और सूनेपन में
बज उठता है मधुर संगीत...
संगीत जिसकी हर धुन
और सैकड़ों स्पंदन,
जगा देते हैं विश्वास और आशा
और मैं बन जाती हूँ,
जीवन वीणा...

मरुस्थल के एलोवेरा

एक परेशान-सी सुबह ने
आज मुझे जगाया है।
ढेर-से सवालों ने फिर
रातभर मुझे जगाया है
मैं जब ढूँढ़ने निकली इन
सवालों के जवाब
मेरी उम्र ने मुझे अक्सर
बड़ी हैरत से निहारा है।

मैं बोझ नहीं सह सकती इन
अनसुलझे सवालों का
कोई तो मसीहा हो मेरे
रेत के मरुस्थल का।
कोई बो दे
मरुस्थल में
एलोवेरा।

आहट

मैं सुन रही हूँ
सूने कमरे में
उसके क़दमों की
आहट।

वो चुपचाप आया
और लेट गया
सामने पलंग पर।

होंठ सूखे, आँखें नीरस
बिखरे बाल और
थका-सा चेहरा
यूँ कि कोई दर्द
रह-रह कर
साल रहा हो उसे।

मुझे देखकर थी
अनदेखा करना तेरा,
यूँ जैसे कि
मेरे वजूद की आँच
सहना मगर
कुछ न कहना तेरा।

तू, तेरी आहट
और तेरा बेगानापन।

खोकर भी

दुख ने उसकी
गरिमा को बढ़ा दिया
उसके शांत-सौंदर्य में।

भर उठा
एक अलौकिक गांभीर्य
अपने एकांतवास में
जीती रही वह,
पुत्र विछोह का दर्द समेटे।

ममता की टीस सही न गई जब
तो उड़ेल दी उसने निर्झरी
सब पे।

एक दिन, एक पुत्र
को खोकर,
उसने हज़ारों पुत्र-पुत्रियाँ
पा लीं
और वह माँ से
जगत माता बन गई।

तुम्हारी ममता
घाटी के हर फूल पर
हर रात ओस बनकर
बिखरती है,

और सुबह तुम धूप की
तरह समेट लेती हो
उन्हें अपने वक्षस्थल में।

मूक मूर्तियाँ

उस दिन यूँ ही
घूमती,
मैं चली आई
इस अद्‌भुत संसार में
चारों तरफ़
मूर्तियाँ ही मूर्तियाँ...
मानो गाथा सुना रही हों
अपने बीते युग की।

मैं उन्हें निहार रही थी
अपलक
वो भी
मुझसे कुछ कहना चाहती थीं,
मगर मैं न सुन सकी
न समझ सकी
उनकी भाषा।

वो कथा उनके
शिल्पियों की भी
जिन्होंने अथक परिश्रम
और धैर्य से गढ़ा उनका ये स्वरूप
मगर न दुनिया ने जाना
न मैं जान सकी उन्हें।

जो ग़ज़ल न बन सके...

तेरे इश्क़ को बाँध न सकी चाहकर भी अपने दामन में,
बहुत मुश्किल लम्हा था मेरा तुझे बूँद-बूँद रिहाई देना

मेरी बेबसी की हद तो देख ऐ दोस्त,
न तुम मेरे हो सके, और हम भी कहाँ अपने रहे

ख़ामोशी कभी-कभी कह जाती है ह.र्फ़ से परे,
दर्द समझने का हुनर ल.फ़्ज़ों में कहाँ होता है

यूँ तो मिलते हैं प्यार के ख़रीदार कई,
बाज़ार में अनमोल चीज़ें बिकती कहाँ हैं

चलो सीख लें बच्चों से मा.फ़ करना ख़ताएँ दूसरों की,
कई बार रोते बच्चों को मैंने खिलखिलाते देखा है

मुझे आदत मत बनाओ न बनो तुम आदत मेरी,
सुना है बहुत दर्द देती हैं ये आदतें छूटने के बाद

चुन लेना मुझे क़तरा-क़तरा उदासी के तल्ख़ काँटों से,
कि तू मिला तो जाना प्यार अब भी बाक़ी है मुझमें

कौन कहता है कि बहुत तेज़ र.फ़्तार है वक़्त की..
तेरे जाने का वो लम्हा तो सालों से बीता ही नहीं

बेसाख़्ता

जा तुझे बख़्श दी मैंने तेरी हर बेवफ़ाई,
फिर क्यों मुझे तेरा दर्द ढूँढ़ता फिरता है

वो जो अपनी क़लम में टूटा हुआ दिल रख देता है,
स्याही न जाने उसे किसकी आँखें अता करती हैं

रोज़-रोज़ नहीं मनाता है वक़्त भी उसे,
जो दिल तोड़ने की अक्सर ख़ता करता है

प्यार की उम्मीद को जगाए रखना ऐ दोस्त,
अक्सर नाउम्मीदी के दौर में ही मंज़िल नज़र आती है

मुझे शिकायत बस यही है अपने लफ़्ज़ों से,
ये उस वक़्त चुप रह गए जब उन्हें कुछ बोलना था

यूँ तो बहुत बेबाक हैं मेरे ख़ामोश लब भी लेकिन,
मेरा बेख़बर आशिक़ मुझे देखता कम है

मैं किनारों पर ही बैठकर लहरों को देखती हूँ,
सुना है तेरी आँखों में डूबने वाले उबरते कम हैं

कुछ तो था...

ऐ वक़्त मेरी कुछ तो क़द्र कर,
मैंने बेचकर उम्रभर का सुकून पाया है तुझे
कभी मिलो तो पूछना बहती हवा से,
मेरे हौसले किसने छीन लिए ऊँची उड़ान के।

मैं नहीं कहती कि मुझे प्यार नहीं मिला राहों में,
ये ख़ता या हया थी मेरी कि मुड़ के उसे पुकार न सकी
अजीब-सा एक सच है जिसे मन झूठ मान बैठा है,
मुझे इंतज़ार है किसी का या दिल कुछ ठान बैठा है।

आदत बनना न किसी की, न बनाना किसी को,
ज़िंदगी बहुत दुश्वार होती है आदतों के छूट जाने पर
तुझसे गुज़ारिश है ऐ ज़िंदगी, मुझे ऐसी याद बख़्श दे,
जिसके सहारे जी लूँ तेरी हर बर्बादी के साथ

काश वो दिन भी आए ज़िंदगी में,
मेरा भी कोई इंतज़ार करे मुझ-सा बेक़रार होकर
इतना-सा सच है तेरे-मेरे दरमियान
तू अपने घर में रहता है, मैं किसी और के

कमाल का ज़ायका है इस इंतज़ार का,
किसी को याद नहीं, कोई भूल न सका...

टूट के

दिल करता है की रूठ जाऊँ बच्चों की तरह
फिर सोचती हूँ कि मनाएगा कौन ?

कहना गर इतना आसाँ होता दिल की बात तो
ख़ुदा आँखों में जज़्बात के समंदर न भरता

ज़िंदगी जिसकी किसी और की जागीर बन गई,
उस परिंदे से परवाज़ का मतलब न पूछ

ज़िंदगी तेरे दरवाज़ों को कई बार खटखटाया है मैंने,
हर बार कुछ और उदासी मिली है तेरे दर से मुझको

किसी से न कहना कहानी तन्हाइयों की,
सुनने वालों को ये उदासी नागवार गुज़रेगी

सोचा था उसे टूट के चाहेंगे हम
चाहा भी और बहुत टूटे भी हम

चंद शब्द

बमुश्किल जो थोड़ा-सा क़रार हमको आया था,
उसे भी छीन के ले गई क़ातिल मुस्कान कोई
गर पास होने से बढ़ जाती हैं तल्ख़ियाँ दिल की
तो बेहतर है कि दूर से ही हमको चाहे कोई
तेरी आज़माइश कड़ी, मेरा हौसला बुलंद,
देखें कौन किसको हराएगा ऐ ज़िंदगी!

अब न आँसुओं पे कोई इख़्तयार है, न खिलखिलाहटों पर,
तमीज़दार शहर की रिवायत है बस आहिस्ता से मुस्कुराने की

न जाने क्या बात है इस आँचल में तेरे,
सालों बाद भी मुझे दूध की ख़ुशबू आती है
तमाम कशमकश और मुश्किलों के बाद भी,
माँ के गले लग के ही ज़िंदगी मुस्कुराती है

भीगे बालों को...

भीगे बालों को गूँथकर,
एक ठंडी-सी सिहरन लिए,
आज चली आई थी लाइब्रेरी ज़रा जल्दी,
चहल-पहल से परे,
मेरी पसंदीदा जगह
आज कुछ ज़्यादा ही
गरिमा से भरी थी
गेट पर ही एक साँवली-सी लड़की के हाथों में
देख रक्तिम और श्याम फूल टेसू के,
मैं ख़ुश हो उठी,
और समझकर मेरे भाव,
थमा दिए कुछ गुच्छे फूलों के
उस साँवली सुंदरी ने मुझे।

इस सूनेपन में,
मैं भर उठी उस मदमाती ख़ुशबू से
जो समर्पित की मुझे उन फूलों ने
रात की ख़ुमारी अभी उतरी भी न थी
कि एक नशा और तारी हो गया...

उदास होने के लिए

आज मैं तुमसे कहती हूँ
कि कभी उदास मत होना
भीड़ में जब अकेला महसूस करो,
और यादें घसीट ले जाएँ तुम्हें बीते दिनों में,
जब हँसते-हँसते यकायक भर आएँ आँखें,
और धड़कनें साथ छोड़ दें
तब भी तुम उदास मत होना
तुम्हारे जीवन का हर पल,
तुम्हारी साँसें और हृदय का स्पंदन,
सिर्फ़ मेरा है...
इसलिए तुम्हें मेरी अमानत को यूँ
व्यर्थ बहाने का,
खोने का
कोई अधिकार नहीं।

उदास होना मगर तब, जब लगे
कि तुम्हारी कुछ साँसें,
स्पंदन और क्षण
मेरी पहुँच से छूट गए
या मैं उन्हें छू नहीं पाई...

गाँठें

तुमने कैसे ढूँढ़ लिया मुझे?
कैसे बाँचते हो
मेरे मन की किताब
कैसे पढ़ लेते हो वो सब भी,
जिसे मैं स्वयं न लिख पाई अभी तक...
कैसे...कैसे
टटोल लेते हो मेरे सुख-दुख
वो डर जिसे मैं
बड़े जतन से
छुपा के रखे थी अंतस में
तुमने कैसे गाँठें खोल दीं सभी...
तुम मन के मीत हो,
या कारीगर हो भावनाओं के?
कहीं मैं तुम्हारी खोज का एक माध्यम ही तो नहीं...
एक अदना-सा आँकड़ा
या एक मुर्दा शरीर...
जिस पर करने हों तुम्हें
अनुसंधान...

चूड़ियाँ यादों की

तुम्हारे हाथों से पहननी थीं
मुझे ये रेशमी चूड़ियाँ
सपनों में देखा था कई बार...
कि इनकी खनक तुम्हें
बेचैन कर जाएगी।

सोचा था कि इनकी रंगत
मेरे लाज भरे चेहरे से मेल खाएगी
और एक दिन तुम्हारे दिल में भी उतर जाएगी।

आज ख़ुद अपने हाथों से चढ़ाया है इन्हें,
आज ये हाथों में सँवर आई हैं
पर न तुम्हें मदहोश किया है इन्होंने,
न तुम्हारे प्यार को ही छू पाई हैं।

जाना है पहली बार कि
शृंगार कैसे निरर्थक हो जाता है
जाना है कि तुम्हारे बिना चूड़ियाँ भी रंगत खो आई हैं...

आज की बात..

अभी नाज़ है टूटे दिल को ख़ुद पे बहुत,
ये दर्द भी ज़ब्त होंगे मगर आहिस्ते-आहिस्ते

चेहरे से मेरे जज़्बात का न अंदाज़ लगा,
ये रंग चढ़ेंगे-उतरेंगे मगर आहिस्ते-आहिस्ते

कोई अपना ही ऐसे जला गया है दिल मेरा कि
तमाम उम्र गुज़र गई, इस आग में जलते-जलते

खामोशी

तुम नहीं समझ सकोगे
इस अकेलेपन को
क्योंकि
किसी दर्द को समझने के लिए
उसे महसूस करना ज़रूरी है।

क्या हर इंसान अकेला नहीं है?
जब भीड़ में कोई समझने वाला न हो तो
आवाज़ भी तो ख़ामोशी के बिना।

अकेली है
दरख़्तों के तले धूप का अंदाज़ा क्या होगा,
सूरज को समझने के लिए
झुलसना ज़रूरी है।

अमृत धार

सूखे कंठ की
अमृत धार हो तुम।

थके पथिक की
ठंडी छाँह हो तुम।

हर तरफ अजनबियों की भीड़ में
माँ के आँचल का दुलार हो तुम।

ज़िंदगी की राह से चलते-चलते
जब आस टूटने लगे तब,
थके क़दमों का नव संचार हो तुम।

बिछोह में मिलने की आस लिए
पपीहे की पीड़ पुकार हो तुम।

चाँद को निहारते-निहारते,
चकोर की अश्रु धार हो तुम।

मेरे जीवन के नव वसंत, जीवन में
प्रकृति का उपकार हो तुम।

कोई बताए मुझे

कोई बताए मुझे कि तुझसा भी कोई होता है,
जो रेत में भी सितारों को बो देता है

जो लफ़्ज़ कह पाएँ वो नगमा नहीं है तू,
तू तो बस धड़कनों में होता है

तेरा अंदाज़ ज़माने से कुछ जुदा था,
वरना दिल भी यूँ कभी किसी का होता है

गुज़रे वक़्त की बात है यूँ समझ लो मगर,
उसे न पाने का मलाल अब तलक होता है

कोई कह दे मेरे फ़रिश्ते से,
ख़ुदा के साथ दुआ में तेरा ही ख़्याल होता है

तू है तो सारे जवाब हैं बेमानी,
अब तो हर सवाल ख़ुद ही जवाब होता है

तुम कहती थी

(पेशावर में स्कूल पर हुए आतंकी हमले पर)

देख माँ तू कहती थी
बड़ों की इज़्ज़त करना
वो हमें सिखाते हैं
क्या सिखाया हमें
ख़ून का खेल...दहशतगर्दी
तू कहती थी
अल्लाह बुराई का सबब बुराई ही देता है
मैंने तो कोई गुनाह नहीं किया था
किसी का दिल भी तो नहीं दुखाया था
फिर भी मैं दर्द से तड़प रहा हूँ।

तू कहती थी कि ख़ुदा को खून बहाना पसंद नहीं
माँ देख कितना ख़ून बहाया उन्होंने
मैं अपने ही ख़ून से सराबोर हूँ
मेरे दोस्त जो जी भर के हँसते-हँसाते थे
वो डर से काँप रहे हैं, रो रहे हैं
सब तड़प रहे हैं दर्द से बेसुध चीख़ रहे हैं।

मैं भी रोज़ की तरह स्कूल से घर वापस आना चाहता हूँ
तेरे ख़ुशबू से तर आँचल में लिपटना चाहता हूँ
तेरे साथ बतियाना चाहता हूँ
न जाने कौन हैं ये लोग
मुझे गोली मार दी...
माँ मैंने कुछ ग़लत नहीं किया सच...

मैं तो इन्हें जानता भी नहीं।

शायद ये भी ख़ुद को नहीं जानते...
माँ तू कहाँ है ? देख कितना ख़ून बह रहा है...
आओ मुझे गले लगा लो...सुला लो
नींद आ रही है...
शायद अब न उठ पाऊँ कभी...

माँ ये किस बात की सज़ा दी मुझे और तुझे वक़्त ने
अभी तो बहुत कुछ बाक़ी था...
मैं जा रहा हूँ माँ...
मुझे नींद आ रही है।

माँ तुम निराली हो

माँ तुम एक साँस की तरह हो,
जिसका होना कोई बड़ी बात नहीं लगती
जिसका सुबह-से-शाम तक साथ-साथ चलना
स्वभाविक-सा होता है
भोर से ही हमें पोसने में तुम
चकरघिन्नी-सी फिरती हो घर-आँगन में
कभी करछी से पराठा पलटती,
कभी स्कूल बेल्ट थमाती,
तो कभी झट से बाल काढ़ती
तुम दूधवाले से लेकर कामवाली तक,
के हिसाब-किताब में, कभी नहीं बिसराती
मेरे माथे पर स्कूल जाते-जाते एक स्नेह भरा चुम्बन देना
और मैं, बस में बैठे सहपाठियों को देखकर
झेंप-सी जाती...
क्या माँ पसीना आ रहा है तुम्हें
मत करो अच्छा नहीं लगता
तुम सारे घर का प्रबंध कर
भागती हो ऑफ़िस, बिना कुछ खाये-पिये
छोटी-सी नौकरी चुनी तुमने
ताकि समय से घर आ सको मेरे लिये
मगर तुम घरेलू और कभी-कभी गँवार-सी लगती,
जब मेरी हाई-फाई सहेलियों की मम्मियों के
सामने तुम मेरे स्कूल आती
हड़बड़ाती, ऑफ़िस से हाफ़ डे लेकर
अपनी स्कूटी बड़ी गाड़ियों के बीच में पार्क करती

न नेलपॉलिश, न कटे बाल, न स्टाइलिश कपड़े
उ.फ़ काश तुम थोड़ा स्टाइलिश होतीं
मैं तुमसे दूर होती जा रही हूँ..
कुछ नहीं बताती मेरे स्कूल और दोस्तों की बातें..
तुम्हारे बनाये पास्ता और आलू के पराठों की
आज कितनी तारी.फ़ हुई,
और हाँ तुम्हारी वजह से मेरा प्रोजेक्ट .फ़र्स्ट आया..
तुमसे कोई बात नहीं करती अब
हमारी दुनिया अलग है शायद जेनरेशन गैप...
कई दिनों बाद इस चुप्पी के बीच,
आज पुराने काग़ज़ों में तुम्हारी .फ़ाइल मिली
खोला तो ढेरों सर्टि.फ़िकेट...
अरे तुम तो हर.फ़नमौला थीं माँ
डांस, गाना, नाटक, भाषण और पेंटिंग भी...
पढ़ने में भी अव्वल...
इतनी डिग्री लीं तुमने..
मगर बस मेरे जन्म तक...
फिर तुमने .ख़ुद को समेट लिया
सब कुछ मेरे हिसाब से
बड़ी नौकरी छोड़कर, मेरा ध्यान रखा...
इस सब के दौरान ही शायद
तुम दुनिया से पिछड़ गई माँ
मगर बिना किसी पछतावे और कड़वाहट के तुम,
मेरी प्यार में डूबी माँ ही रहीं
संतुलन साधती.. .ख़ुद को उपेक्षित करती,
और अपना सब कुछ मुझ पर लुटाती, मेरी माँ
मा.फ़ी से काम नहीं चलेगा,
अब मेरी बारी है तुम्हें निखारने की
.ख़ुद से मिलवाने की...
माँ तुम सच में निराली हो
तुम-सा तो कोई हो भी नहीं सकता।

मेरे इंद्रधनुष

तुम मेरे लिए
एक रंग नहीं हो।

जो कभी गाढ़ा,
तो कभी फीका
हो जाए।

तुम मेरे लिए बारिश की झड़ी नहीं हो...
जिसकी बूँदों का अस्तित्व
छीन लेती है धरती।

तुम मेरी जीवन सरिता हो
जिसका अनवरत बहाव
प्राणों को करता है प्रफुल्लित सदा के लिए,
तुम मेरे लिए गुलाबों के सुर्ख़ फूल नहीं
जिनका जीवन चंद रोज़ का है।

तुम हरियाली का टुकड़ा हो,
मीलों तक फैले इस जीवन की मरुभूमि में,
तुम मेरे इंद्रधनुष हो।

जिसकी हल्की झलक भी
आकाश के सौंदर्य को
परिपूर्ण करती है।

निवेदन

मुझे दुनिया का डर नहीं है,
डर नहीं है तूफ़ानों का
न डरती हूँ ज़िंदगी के उतार-चढ़ावों से
बस डरती हूँ उस लम्हे से
कि कभी तुम्हारी आँखों में
न देखूँ बेगानापन।
जो भरी रहती हैं,
प्यार और विश्वास से
उनमें न आए कभी नाराज़गी...
मौत आ जाए मगर
ख़फ़ा न हो कभी।
तुमको खोकर मेरा
जीने का मक़सद खो न जाए कभी...

काश

तुमने कहा था
कुछ हक़ खोकर पाने में
और हसीन होते...
मगर खोने और पाने के बीच लम्हे कितने बेचैन होंगे।
तुम इंतज़ार करने को कहते हो
इसी शिद्दत से रहा जीना
तो शायद हम न होंगे।
काश सोचते कभी
कि दुनिया बेमतलब है
अगर हम न होंगे।

सुगंधमय

एक सुगंध है मेरे
आस–पास
तुम्हारे होने का
जो एहसास कराती है।

सुगंध जिसे
मैंने हर फूल में ढूँढ़ा,
मगर पा न सकी
उसकी मादकता का एक अंश भी।

तुम देखना कभी,
कैसे निर्झर स्वर करते हैं
मद्धिम–मद्धिम
वैसे ही है तुम्हारी सुगंध
जिसके होने से आस–पास
हृदय की गति को भी
विराम मिल जाता है...
और सबकुछ हो उठता है
तुम्हारी सुगंध में सुगंधमय
अचानक केसर की सुगंध फूट पड़ी
मेरे शरीर से
और रक्त अपनी पूरी
जिजीविषा से
होंठों और गालों में बह उठा।

उलझनों की लहरों में डूबता
उतराता मेरा मन
सुकून पा गया।
किसी और धुन में रच-बस गया
मेरा हृदय,
अचानक तुम्हारे आने से
जीवन में पुनर्जीवन का
संचार हो उठा।

अनछुआ-सा

कुछ अनछुआ-सा
हर बार रह जाता है,
हम दोनों के दरमियाँ।

कुछ बाक़ी, कुछ अधूरा-सा,
जैसे तन और मन से इतर भी
कोई दुनिया है अलहदा-सी।

जिसके बाशिंदे अपने अक्स में ही
अपने प्यार को तलाश लेते हैं,
उन्हें रूह की प्यास होती है
जिस्मों का क्या है
ये तो कपड़े हैं...
मैले होकर
हर बार ही बदलने हैं...

आकंठ प्रेम में

कुछ चीज़ें तुम्हारे लिए
नितांत स्वाभाविक हैं।
जैसे मिलना, जुड़ना और
डूब जाना आकंठ प्रेम में।

मगर मेरी तृष्णा है,
स्वतंत्रता की...
निजता की...
यह इन स्वाभाविक बातों को
असहनीय बना देती है मेरे लिए।

मगर हमेशा नहीं...
कभी-कभी
जब हावी होता है मुझ पर
कुछ स्वाभाविक
अस्वाभाविक बनकर।

और मन न जाने क्यूँ
तुम तक आकर
रुक जाता है,
ठहर जाता है...

जिए जा रहे हैं

मुझे घुलना है तुममें,
ऐसे कि जैसे कोई अलग था ही नहीं
सुना है दिल के चार हिस्से होते हैं,
मगर मैंने तो ख़ुद में हज़ारों दीवारें
खड़ी कर रखी हैं।

सीली, हरी काई वाली, उधड़ती-सी दीवारें..
मगर मज़बूत इतनी कि
बनाकर मुझसे भी न तोड़ी गई कभी
इन दीवारों में दम घुटता-सा है मेरा
अक्सर साँसें रुँध जाती हैं,
और हलक़ सूख जाता है
फिर भी जीना आ गया है अब
इनके साथ... इनके बीच
जीना तो वैसे भी एक हुनर है

तमाम काँटों के बीच फूल का खिलना,
कड़ी धूप में कहीं छाँव से मिलना,
और पत्थरों में बहता पानी का सोता,
सब जीने का कोई मंत्र, कोई हुनर सिखा रहे हैं
देखो तभी तो तमाम मुश्किलों में भी
हम सब जिए जा रहे हैं।

अनामिका

यूँ तो तलाश में है, सारा ज़माना ख़ुद की,
पर किसी क़ाफ़िले का हिस्सा नहीं हूँ मैं

मेरे चेहरे में न जाने कौन इतना मुस्कुराता है,
ये तबस्सुम, ये सिलसिले, ये नज़ाकत नहीं हूँ मैं

धड़कनों, साँसों का सिलसिला, बदस्तूर जारी है मगर
ख़ाली है जिस्म का ये मकाँ, रहबर नहीं हूँ मैं

अब न समझा मुझे जीने का मतलब मेरे दोस्त,
एक बहती नदी हूँ, कोई ठहरा दरिया नहीं हूँ मैं

अक्सर मुझमें सिसकता है कोई रात रात भर,
आईने का वो हँसता हुआ चेहरा नहीं हूँ मैं

अधिकार

कल रात यूँ ही जब
खिड़की से झाँक के देखा आसमान को,
आँखों में भर गया उसका बूँद-बूँद रिसता प्रेम
गर्म गालों से बहती वो बूँदें जो,
गर्दन के छोर पर जाकर विलुप्त-सी हो गईं..
यूँ कि सोख लिया हो उन्हें
मेरे सीने की गर्माहट ने
या छुपा लिया हो आसमान का प्रेम
दुनिया की नज़रों से
वैसे ही जैसे एक औरत न जाने कितने
ही प्रेम निवेदन घबराकर, नज़रें चुराकर
बिसरा देने का प्रयास करती है
बिना उस प्रेम की पैदाइश का सच जाने,
बिना सच्चे और झूठे का फ़र्क़ किये
प्रेम ठुकराना ही तो सिखाया है समाज ने उसे
रक्त और बिस्तर से परे और भी रिश्ते होते हैं,
ये सुनती तो है मगर, दुनिया यक़ीं करने कहाँ देती है
उसे इस सत्य की सत्यता पर
क्योंकि एक औरत सिर्फ़ सपने देख सकती है,
उन्हें पूरे होते देखना उसकी नियति में नहीं
उसके प्रेमगीत तो निर्झर में गुनगुनाने के लिए है,
उसको प्रेम करने का अधिकार कहाँ?

चाँद में सूरज तपन

ओस से भीगी
एक चाँदनी रात में,
घने दरख़्त के नीचे
ठंडे पत्थर पर बैठी मैं,
उस नीली रात को देखती।

दूर-दूर तक छिटकी चाँदनी,
जंगल, पहाड़, घाटी
और एक-दूसरे को महसूस
करते रात और मैं बस...
कुछ शोर करते झींगुर और
जलकर बुझते जुगनू...
अचानक मैं दरख़्तों में से
छनती चाँदनी में नहा उठी
और चाँद बादलों को छोड़कर
मेरे सामने आ गया...
वो चाँद नहीं था,
पर उससे ज़्यादा शीतल और पवित्र...
वो तुम थे, हाँ तुम ही तो थे,
जो आकर खड़े हो गए थे
सामने मेरे और
अपनी बाँहों में कस लिया था
मेरा ठंडा शरीर।

तब ही तो जाना मैंने कि
इस चाँद में सूरज की
तपन भी रहती है...

सूरज फीका है

एकाएक दिखती है एक किरण
रोशनी की,
जो अंदर से फैली है
उस किरण के आगोश में
एक प्यारा चेहरा,
जो तुम हो
हाँ! तुम्हीं तो हो।

अचानक जाग उठती है मेरी आत्मा
मानो सारी हिम्मत
फिर एकजुट हो जाती है बदन में
मैं फिर उठ खड़ी होती हूँ,
उस बीते कल के खिलाफ़
दर्द का जिस्म पिघल जाता है
मेरी आँखों की रोशनी में।

मैं फिर खड़ी हूँ
आज के सूरज के सामने,
पर उसकी रोशनी
मेरे अंतस के सूरज से फीकी है,
बहुत फीकी...

छू लिया हो

तुम्हारी आवाज़
मुझे लगती है
कोहरे-सी नर्म
और बादलों-सी नाज़ुक
यूँ जैसे बिना किसी रुकावट के
सीधे तुम्हारे हृदय से निकलकर
मेरे हृदय तक आती हो।

एक ठहराव, एक छुअन
गहराई और पता नहीं कितना दुलार,
छुपा है तुम्हारी आवाज़ में
आज न जाने क्यूँ लगा
जैसे तुम्हारी आवाज़ के नर्म-उदास होंठों ने
चुपके से मेरे ठंडे कानों
को छू लिया हो।

सुकून है...

खोया-सा है,
छुपा-सा है,
संशय की बदरियों में
पर है यहीं कहीं
आस-पास

पड़ा हुआ धूल में या
टँगा हुआ ओसारे में
है तो यहीं ये है यक़ीं
गोधूलि से संझा तक
रोज ढूँढ़ती हूँ मैं
हर अलगनी में टटोलती हूँ मैं।

कहाँ बिसरा दिया रखकर,
यही तो अब सोचती हूँ मैं
कहीं खो न दूँ
कोई चुरा न ले
इसी डर से
सँभाल के ही रख दिया
सबकी नज़रों से छुपा के उस दिन
अब देखो... रोज़ की तलाश में भी
पा न सकी हूँ अब तलक

बस एक भरोसा है
सुकून यहीं कहीं है

आस–पास
एक दिन ढूँढ़ ही लूँगी
आँगन, ओसारे या पौर में
सुकून यहीं कहीं है
आस–पास...

काला मोती

उसका अस्तित्व जैसे छुप-सा गया था उसके रंग में,
प्रतिभा, कलात्मकता और उसकी ज़िंदादिली...
कहाँ मायने रखती थी इस रंगीली दुनिया में।

जब प्रकृति ने बिखेरे हैं हज़ारों रंग...
तो इंसानों की दुनिया क्यों बँट गई,
सिर्फ़ दो रंगों के बीच...
एक गोरा रंग तो दूजा काला...
उस गहरे रंग की सीपी को तो
किसी ने छुआ ही नहीं कभी।

सहलाया होता प्यार से
तभी तो जानता कोई कि
अनमोल मोती-सा दिल छुपा है,
इस गहरे-से रंग के जिस्म में...
एक मोती जिसे जौहरी का इंतज़ार नहीं।

उसे चाह है एक प्रेम भरे स्पर्श की
जो उसे आज़ाद कर दे ख़ुद के बनाए बंधनों से...
क्योंकि सीप से निकलकर ही तो
मोती के अस्तित्व की गरिमा है।

तुम ज़िम्मेदार नहीं

ये मेरी बगिया है।
मैंने उगाया है यहाँ हर फूल और पत्ता
मैं ही माली, मैं ही रखवाला।

तुमने कुछ भी नहीं किया,
सो तुम ज़िम्मेदार भी नहीं
क्योंकि मैंने ही उगाए हैं,
ख़्यालों में फूल
सपनों में पौधे...

तुमने तो कभी नहीं कहा
कि लो ये हैं बीज
और डाल दो अपने मन की
बंजर ज़मीन पर।

तुमने कभी नहीं सींचा
मेरा रेतीला मन...
इसलिए तुम ज़िम्मेदार नहीं
इस बाग़ीचे के सूखने या उजड़ने के।

ये मेरी उम्मीदें हैं
जो खिल उठी थीं,
तुम्हारी कही साधारण-सी बात पर।

अब इन कलियों को सहेजना

या कुचलना मेरी ज़िम्मेदारी है
तुम बस यूँ ही अलमस्त, अनवरत
लगे रहो अपने कला-सृजन में।

तुम्हारे बिखरे रंगों से, फेंकी कतरनों से
बिना तुम्हें ख़बर किए
गर मैं कुछ रच लूँ... गढ़ लूँ...
तो ये मेरा ही तो सृजन होगा न।

ये बगिया मेरी है, नितांत मेरी...
तुम ज़िम्मेदार नहीं...
कहीं भी नहीं...

दिन और रात

कितने अलग हैं हमारे दिन और रात
जब तुम सोते हो वहाँ,
तब मैं बुनती हूँ सपनों का ताना-बाना।

और जब यहाँ रात होती है,
तब तुम जागकर उगाते हो कपास
अपने शांत और उम्मीद से भरे मन में

ताकि मेरे सपनों को मिल सके
बुनने के लिए आशा, ख़ुशी
और विश्वास के मज़बूत धागे।

जानते हो तुम्हारा भेजा हर रंग,
बना देता है सतरंगी मेरे करघे
के हर धागे को।

तुम्हारी कही कई बातें, बन जाती हैं
सितारे, ज़रदोज़ी और गुँथ जाती हैं,
मेरे अधबुने सपनों के ताने-बाने में।

विडंबना ही तो है नियति की
कि दिन-रात साथ हैं हमेशा
एक-दूसरे के पूरक-से...
मगर मिलन दोनों का असंभव है
तब भी...

सुनो तुम बोते रहना मेरे साथ सितारे
जब तक मैं बुन न लूँ
अपने सपनों को धरातल की ज़मीन पर।

शुक्रिया ज़िंदगी

मेरे अँधेरों को भी समेट के तूने नाम उजाले रक्खा,
मेरी नाकामियों को भी तूने कोशिशों से जोड़े रक्खा

हर हार ने मुझे तोड़ा, मगर तूने मुझे मज़बूत किया,
फूल से जिस्म में, हौसला फ़ौलाद का बख़्शा

कोसा तुझे, रुसवा किया, और मैंने तुझे बेदर्द कहा,
ज़िंदगी फिर भी तूने मुझ पे अपना भरोसा रक्खा

ख़ामोशी कभी-कभी कह जाती है ह.र्फ़ से परे
दर्द समझने का हुनर ल.फ़्ज़ों में कहाँ होता है

www.ingramcontent.com/pod-product-compliance
Lightning Source LLC
LaVergne TN
LVHW040824051026
849519LV00007BA/2740